기획의 말

그리운 마음일 때 'I Miss You'라고 하는 것은 '내게서 당신이 빠져 있기(miss) 때문에 나는 충분한 존재가 될 수 없다'는 뜻이라는 게 소설가 쓰시마 유코의 아름다운 해석이다. 현재의 세계에는 틀림없이 결여가 있어서 우리는 언제나 무언가를 그리워한다. 한때 우리를 벅차게 했으나 이제는 읽을 수 없게 된 옛날의 시집을 되살리는 작업 또한 그 그리움의 일이다. 어떤 시집이 빠져 있는 한, 우리의 시는 충분해질 수 없다.

더 나아가 옛 시집을 복간하는 일은 한국 시문학사의 역동성이 드러나는 장을 여는 일이 될 수도 있다. 하나의 새로운 예술작품이 창조될 때 일어나는 일은 과거에 있었던 모든 예술작품에도 동시에 일어난다는 것이 시인 엘리엇의 오래된 말이다. 과거가 이룩해놓은 질서는 현재의 성취에 영향받아 다시 배치된다는 것이다. 우리는 현재의 빛에 의지해 어떤 과거를 선택할 것인가. 그렇게 시사(詩史)는 되돌아보며 전진한다.

이 일들을 문학동네는 이미 한 적이 있다. 1996년 11월 황동규, 마종기, 강은교의 청년기 시집들을 복간하며 '포에지 2000' 시리즈가 시작됐다. "생이 덧없고 힘겨울 때 이따금 가슴으로 암송했던 시들, 이미 절판되어 오래된 명성으로만 만날 수 있었던 시들, 동시대를 대표하는 시인들의 젊은 날의 아름다운 연가(戀歌)가 여기 되살아납니다." 당시로서는 드물고 귀했던 그 일을 우리는 이제 다시 시작해보려 한다.

기획의 말

그리운 마음일 때 'I Miss You'라고 하는 것은 '내게서 당신이 빠져 있기(miss) 때문에 나는 충분한 존재가 될 수 없다'는 뜻이라는 게 소설가 쓰시마 유코의 아름다운 해석이다. 현재의 세계에는 틀림없이 결여가 있어서 우리는 언제나 무언가를 그리워한다. 한때 우리를 벅차게 했으나 이제는 읽을 수 없게 된 옛날의 시집을 되살리는 작업 또한 그 그리움의 일이다. 어떤 시집이 빠져 있는 한, 우리의 시는 충분해질 수 없다.

더 나아가 옛 시집을 복간하는 일은 한국 시문학사의 역동성이 드러나는 장을 여는 일이 될 수도 있다. 하나의 새로운 예술작품이 창조될 때 일어나는 일은 과거에 있었던 모든 예술작품에도 동시에 일어난다는 것이 시인 엘리엇의 오래된 말이다. 과거가 이룩해놓은 질서는 현재의 성취에 영향받아 다시 배치된다는 것이다. 우리는 현재의 빛에 의지해 어떤 과거를 선택할 것인가. 그렇게 시사(詩史)는 되돌아보며 전진한다.

이 일들을 문학동네는 이미 한 적이 있다. 1996년 11월 황동규, 마종기, 강은교의 청년기 시집들을 복간하며 '포에지 2000' 시리즈가 시작됐다. "생이 덧없고 힘겨울 때 이따금 가슴으로 암송했던 시들, 이미 절판되어 오래된 명성으로만 만날 수 있었던 시들, 동시대를 대표하는 시인들의 젊은 날의 아름다운 연가(戀歌)가 여기 되살아납니다." 당시로서는 드물고 귀했던 그 일을 우리는 이제 다시 시작해보려 한다.

우울씨의 일일

문학동네포에지 006

함민복 시집

우울씨의
일일

시인의 말

내가 지나온 길
나를 지나간 길
모아
집 한 채 지어보려고
건축가인 씨앗 선생을 찾아갔다

꽃은 늘 멀다네!

1990년
함민복

개정판 시인의 말

오랫동안 이북으로만 연명되어왔던 시집을 개정판으로 내게 되었다.

이번 시집에는 시 해설이 들어가지 않아
시집이 너무 얇아질 것 같아
이 시집을 내기 이전에 썼던 시 열두 편을 추가했다.
또 시집의 색깔을 통일하기 위해
기존 시집에서 몇 편을 빼고
몇 편의 시는 교정도 좀 보았음을 밝혀둔다.

첫 시집을 다시 살려준 문학동네에 감사의 말씀을 전한다.

2020년 10월
함민복

차례

제2부

제3부

제1부

흙속으로 떠나는 전지훈련

까칠한 지식 나부랭이 다 버리고
내 머릿속에 흙 한 삽
비가 오면 거짓 없이 젖는
풀 몇 포기 자라
바람 불면 바람소리 일게
내 머릿속에 흙 한 삽
일개미들 하얀 알 물고 이사 오렴
봄 햇살 타고 까치 울음소리 떨어질 때
손 부르튼 시골 아이들 손등
머릿속으로 쓰윽 들어오게
내 머릿속에 흙 한 삽
그러한 세월이 흘러
뻐란 뼈 다 버릴 수 있게 되는 날
물에 서서히 풀려
나의 관짝인 강산
흙으로 살아날 수 있도록
내 머릿속에 흙 한 삽

콧구멍 속으로 소 혓바닥 더 자주 들어가고

봄은 한 옥타브 올라간
새소리들의 잔치다

흙내 맨머리에 이고
이리 가벼운 바람의 발걸음

나도 마렵지 않은
오줌을 눠본다

맘 순해진 공기 구부려
꽃이 제 몸을 만드니

공중의 산문(散文)가
제비도 날아오려나

콧구멍 속으로
소 혓바닥 더 자주 들어가고

새순이 또 한번
길을 가로막는다

고향 풍경 1

다리 밑에 지게 받쳐놓은 농부가
발가벗고 손바가지 만들어 물 끼얹고
쩜벙쩜벙
석양에 대못처럼 튀어오르던
피라미떼여

고향 풍경 2

고개 들면 어느 쪽을 보든지
새가 서너 마리
날고 있는 하늘이었지

도랑 물소리 암소 서서 오줌 싸는 소리
바람이 미루나무 가지 속 물 휘어보는 소리
물소리가 서너 군데서는 들렸었지

사과를 먹으며

사과를 먹는다
사과나무의 일부를 먹는다
사과꽃에 눈부시던 햇살을 먹는다
사과를 흔들던 소슬바람을 먹는다
사과나무를 감싸던 눈송이를 먹는다
사과 위를 지나던 벌레의 기억을 먹는다
사과나무에서 울던 새소리를 먹는다
사과나무 잎새를 먹는다
사과를 가꾼 사람의 땀방울을 먹는다
사과를 연구한 식물학자의 지식을 먹는다
사과나무집 딸이 바라보던 하늘을 먹는다
사과에 수액을 공급하던 사과나무 가지를 먹는다
사과나무의 세월, 사과나무 나이테를 먹는다
사과를 지탱해온 사과나무 뿌리를 먹는다
사과의 씨앗을 먹는다
사과나무의 흙을 붙잡고 있는 지구의 중력을 먹는다
사과나무가 존재할 수 있게 한 우주를 먹는다
  흙으로 빚어진 사과를 먹는다
  흙에서 멀리 도망쳐보려다
  흙으로 돌아가고 마는
사과를 먹는다
사과가 나를 먹는다

지구의 근황

나무를 기억한다, 사람들 가슴에 늘 푸른 붓이 되던
나무를 사랑한다, 어디서 보나 등은 없고 가슴만 가진
나무를 추억한다, 바람 불 때마다 여린 식물의 뿌리를 잡아주던
나무를 애도한다, 꿈의 하늘을 향해 서서히 솟아오르던 녹색 분수

나무가 산다 사람들 마을에 사람들처럼
줄을 맞추고 그 길 그 공원의 격조에 맞춰
나무가 산다 아황산가스가 질주하는, 꽥꽥, 나무가 산다

기름진 시멘트산에 잡초처럼 나무가 산다 성장력 왕성한
시멘트국에 볼모로 잡혀온 자연국의 사신처럼 나무가 산다
시멘트가 나무로 푸른 문신을 새긴다 시멘트가 나무 반지
나무 목걸이를 하고 뽐낸다 시멘트가 나무를 다스린다

가로수 혹은 담장, 그 푸른 시멘트의 넥타이
철커덕
가로수 혹은 담장, 시멘트가 자신의 목을 처단하는 푸른 오랏줄
지구의 사지가 뻣뻣이 굳어진다

펭귄

추억 속에 펭귄이 있다
남해 푸른 물결 등지고
태종대 산책로를 따라
흰 몸에 검은 날개 접고
배에 자연 보호란 문신 새기고
쓰레기를 먹으며
주기적으로 쓰레기를 오바이트하며
남극에 대한 추억의 힘으로,
자연 보호 운동을 위해
자연의 목구멍 속으로 쓰레기를 집어넣는
사람들의 모순적 발상에도
묵묵부답 불볕더위 이기고 직립한
남극의 신사
지구를 지키는 우리 시대의 장승

똥

똥, 똥, 하고 노크를 하면
똥, 똥. 하고 노크를 받아주며
수세식 변기에 쭈그리고 앉아 똥을 누면
내 똥이 불쌍하다
내가 빼대 있는 것을 먹지 못해
나오자마자 주저앉는 무척추
푸른 채소를 먹어보아도
매번 단벌만 입히는 무능력
더욱 미안한 것은 내 똥에게 주는 외로움
수세식 변기는 내 똥의 연애를 질투한다
먼저 태어난 똥들이 환영하는 냄새나는 곳으로
헹가래로 들어올려졌다 떨어지듯
척, 소리 내며 떨어졌으면 얼마나 좋을까
추락의 전율에 똥이 똥을 쌀 수도 있을 텐데
그리고 처녀 똥과 만나 너의 과거는 어떠했어
인연이란 묘해 그 여자 똥이었니
그 여자 만나는 그 남자 똥이야
이런 식으로 이야기도 하고 또
똥끼리 바람도 피우고 사랑도 나눠
스물스물거리는 구더기를 낳아
사람 목숨 같은 파리를 날려야
파리약 장사도 먹고살고
장사 안 되는 구멍가게 아저씨도 심심치 않을 건데
떨어져보지도 못하고 구겨지는

똥으로서 살아갈 똥의 일생에 대해
물어볼 똥도 없는 외로운 내 똥
쏴와— 물에 쓸려내려간다

후보 선수

인구탑 그림자 아래서 소주를 마신다
건달처럼 광장을 배회하는 비둘기 몇 마리
청량리 극장에서는 매춘이 장기 상영중
허리 휜 껌이 다가와 할머니를 2백 원에 팔고 감
택시들도 승객을 잡느라고 느긋이 붐빔

어린 창녀가 노숙하게 워커에 발을 맞춤
햇볕을 오바이트하는 아스팔트 위로 쓰러지는 취객
미니스커트 입고 다급히 지나가는 여대생
휴지통 주위에 구겨진 예수의 명함을 뒹굴리는 바람
객들이여 어디로 가시나이까 내 눈이 넘치나이다

수박으로 물 담을 쌓고 장사하는 저 아줌마 좀 봐! 땀.
삶의 홍수 사람들의 바다에 물방울 하나로 존재한다,
나는
4천2백만 대 인구탑 그림자 속에서 수치의 증가를
막아보려고 이 악물고 죽어가는 사람들의 후보 선수로

방

오늘을 살아내기 위하여
창신동의 좁고 긴 방
머리와 다리를 남북으로 갈라놓아야
누울 수 있는 방
잠을 뒤척였네
남쪽을 먼저 알아야 북쪽을 알 수 있고
잔 방향을 추궁당하는 시대의 알레르기
동이나 서로 머리를 두고 꿈꿀 수 없는 방
더러 동서를 그리워하는 변절의 세월
가방 속 싸움에 찌든 몇 권의 책
나침반처럼 고지식한 남북 사고에 지쳐
동서를 넘보는 눈빛
거역하며 성냥불 당겨 무는 입술 뜨거운 담배여
자동차 경적소리 길게 울리며 지나가고
붉은 담뱃불에 생각 타들어가는 소리
남쪽은 더 남쪽의 북쪽이고
북쪽은 더 북쪽의 남쪽이므로
나누어 생각할 수 없는 작은 방
그 어둠 속에서
쉽게 잠들 수 없었네

토문강에서

하루의 생각을 눕히는 고단한 자정
라디오를 틀다가 멀리 떨어져
그리움에 우는 소리를 들었다

저는 토문강에 사는 맹동진입니다
간도 초등학교를 졸업한 동생 맹동연을 찾습니다
봄이 오면 찔레 꺾어 여린 대궁 상큼하게 씹고
뱀딸기 찾아 헤매던 내 고향 구릉진 산마루

어머니 어머니가 그립습니다
부끄럽게 성도 기억나지 않는
물레방아 틀틀 돌아가던 내 고향으로
돌아갈 수만 있다면 돌아갈 수만 있다면
눈물 모양의 당신 무덤에
푸른 잔디로 잔뿌리 내리고 싶습니다
이곳 토문강에 밤이 깊어옵니다

다시 흑룡강에서 또 사할린에서
망향의 서신들이 계속되며
역사의 찬물 한 동이를 내 잠에 끼얹는다

방점 찍기

오자를 찾기 위한 은밀한 집중
원고지 칸 그물에 발 걸리는 눈빛
와와 시대의 오타마저 바로잡던 그해 6월의 함성소리
흙피 묻은 동학군의 따옴표로 들불처럼 번지고
문법에 어긋난 정치면 숫자 옳게 쓰며
붙어 있는 외세 글자에 띄어쓰기 표시로 숨구멍 트기
밤이 오면 저마다 삶의 교정부호 찾아
가슴속으로 라단조의 느낌표 달고 하강하기
거리를 두고 살아가는 이웃과 붙임표를 이끌어내
정(情) 삽입하기 삶의 문맥 고치기 평화와 희망의
단락 합치기 분단 조국 휴전선 탈락 부호의
그날을 위해 애국심에 방점 찍기여
틀린 것을 바로잡는 일에 몰두하다보면
마치 세상의 질서를 바로잡고 있는 듯한 마음에
잠시 교정지 위에 정의의 신처럼 빛살 내리고
하여 물음표 던지기
나는 얼마나 더 나를 틀려야 내가 될 수 있을까
우리는 얼마나 더 우리를 맞춰야 우리가 될 수 있을까
질문의 장대비에 흠뻑 젖은 몸으로
생의 만능 교정부호 사랑 만들며 살아가기
그리고 부끄럽지 않은 마침표 하나 준비하기

박수 소리 3

도대체 박수칠 일이 없는 나는 어둠 속에서 박수를 친다
덥다 귀찮다 불을 켠다 내 피를 빨아 내 피의 힘으로 날며
내 피를 계속 노리는 모기, 피비린내 묻은 박수 소리.

짝

미·소 수뇌들이 악수를 나누고 박수를 보내는 측근
그 작은 손바닥, 박수 소리에 약소민족의 운명이
아, 국제, 제국적 박수 소리, 가득한 티브이를, 그냥, 확.

가을밤

가을벌레 울음소리에 불을 끄고 맙니다
아랍기상곡이 흘러나오던 라디오도 끄고 맙니다
온몸에 구멍을 뚫으며 스며드는 벌레 울음소리
쉽게 이루어질 수 있는 것은 악뿐인 이 세상
풀잎 속으로 들어가 이슬의 세례를 받고 싶습니다

산(産)

—돼지의 일생 1

돼지가 돼지들을 낳았다
들이란
여성의 평균 수명이 긴 것처럼
아름답다는 생각을 하며
분만 틀에 앉아 돼지를 받았다
향긋한 톱밥으로 핏기를 닦아주면
보송보송한 돼지털
모든 비린내는 생명이었구나
탯줄을 끊고
보온등 아래로 몸을 옮겨주면
맑은 발톱, 선연한 귓바퀴로
어미를 찾는 새끼 돼지들
함부로 눈뜰 수 없는 세상
서둘러 눈떠야 하는 세상
돈사의 보온을 위해
석유난로의 심지를 돋우는 새벽
지펴오르는 생각들
불빛에 젖은 모돈이 흘리는 금빛 눈물
오, 이 세상 모든 눈물 속에는 에미가 있었구나
(어머니와나의교집합가슴에눈물로빗금그어온가난한날들,
어머니눈물속에들어가세상을바라다보면
먼저내눈물속에들어와세상을바라다보고있는어머니)
눈물 속을 흐르는 혈(血)이여

목숨이 목숨을 낳는 비린내여
어찌 저 생명을 사료가 빚었다 할 수 있으랴
이제 돼지를 대줘라 부르지 않으리
돼지꿈을 귀찮아하지도 않으리
끝물을 받고, 돈사의 외풍을 단속하고
겨울 새벽 산 물에 손을 씻으며
겨울 새벽 산 눈 위를 걸으며
아이를 낳고 싶었다
남자인 나는

우리의 노예들에게

—돼지의 일생 2

부지런한 하인을 둔 나는 행복하다
해 뜨기 전 우리에게 문안을 드리고
꽥, 꽥, 호령에 사료를 갖다바치며
수도꼭지를 점검하는 그 머슴
도대체 무엇 때문에 사는 걸까
나를 비육돈이라고 부르며
돈분 차를 밀고 다니고 긴 호스 끌어
우리 샤워와 소독시켜주기로 나날을
보내는 그는 무슨 낙으로 사는 걸까
나를 장자 돼지 혹은 소크라테스 돼지라
부르며 시를 쓰려 궁리하는 그의 동생 놈
또한 마찬가지(호흡기 질환에 걸려 꿀럭이는 저 돼지/
무슨 사색 저리 깊나 살은 안 찌고 뼈만 굵어/정육점
주인들의 칼눈, 죽음의 길 막아주고/제망매가나
부르며 초연히 늙어가는 저 돼지)
쓸데없는 글을 쓰는 동생 놈은 내가
눈씨만 그윽히 주어도 윤회 사상을 떠올리며
죽은 아버지를 생각해보는 섬약한 우울증
환자(장자, 잡편, 우울증을 핑계로 천하를 거절하는
자주지보 얘기로 자신의 생활을 합리화하는)
그는 땀을 뻘뻘 흘리며 지가 땀을 흘린 만큼
자기 살이 빠지고—그의 조카는 그를 돼지라 부른다—
우리가 살찐다고 노동이 어쩌구저쩌구
노동자의 반지는 손가락에 난 상처 어쩌구저쩌구

이 산골까지 들어와 우리 족속 먹여 살리기에 바쁜
저 형편없는 집안의 내력, 어찌된 것인고
나는 좀처럼 잠을 이루지 못하고 꿀럭인다네
나는 인간 해방에 앞장서는 돼지가 되고 싶어진다네
우리의 우리에 들어와 똥을 긁어내는 형제의 모삽소리
연민의 발걸음으로 그들에게 다가가네
보라 우리들의 삶과 그대들의 삶은 다르지 않다
긴 장화를 주둥이로 밀면서 내 얘기를 들려주려고 끙끙거리네
해방, 그 순간 뒷발질로 내 턱주가리를 갈기는 중생!

출하

—돼지의 일생 3

전자봉을 든 거래꾼들이 트럭에서 내렸다
돈사를 짓누르는 아침 안개
무게가 다 되었음으로 생을 마감해야 할
돼지들이 선발된다
자, 떠나자
사료로 살아온 생애 사람들의 사료나 되자꾸나

저울은 돼지의 유언장.
퍽, 발길질에 돼지가 저울로 뛰어오른다
네다섯 마리씩 운명을 섞어 달리는 돼지
돈사 밖 안개는 걷혔을까
무게에 관심이 끌리는 거래꾼들
무게의 계측이 끝나면
돼지 등에 정육점 상호가 낙인된다, 사형

아뿔싸.
자, 들어, 들어.
땀 흘리며 자기의 삶을 트럭에 싣는 거래꾼들
돼지 똥 한 덩어리 무게도 안 되는 돈뭉치로 환전되는 노동
자, 그러면, 다음에, 또……
안개 속으로 사라지는 엔진소리

흑백텔레비전 혹은 비전 또는 개안

흑백텔레비전 속에서 색상이 선명하다는 컬러텔레비전 광고를 한다

흑백텔레비전 속에서 선명 야당을 지지해달라고 호소하는 늙은 정치인(선명하냐 안 하냐라는 논리 자체가 흑백논리 속에 갇힌다)

흑백텔레비전에는 흑백의 정도를 조정할 수 있는 장치가 부착되어 있다(밝은색 쪽으로는 끝까지 돌려도 화면이 없어지지 않는다)

흑백텔레비전으로 색의 독재는 가능하나 소리를 구속할 수는 없다(소리를 다스릴 수 있는 것은 오직 소리와 침묵뿐이다)

흑백텔레비전을 끄면 방안의 풍경이 흑백텔레비전 속에 컬러로 비친다

중앙선

햇살 맑은 가을 아침
잎 떨구는 나무에 기대어 서서
버스를 기다리고 있었습니다
아아, 그때였지요
길 위에 말줄임표 길게 남기며
장의차가 꽃향기를 끌고 지나간 것은

손을 흔들어주고 싶었습니다
손을 흔들어주고 싶었습니다

제2부

가난을 추억함

이 시장바닥이 끝나는 저편에
아버지 사진 한 장 걸어놓고
제사라도 한번 올리고 싶구랴

쑥부쟁이
—추석

지난 일 생각 좀 해보라고 덜컹덜컹 온몸 흔들어주누나
비포장도로, 흙먼지 날리며 고향에 갔었나니

아버지 묘보다 잔디 무성한 형의 묘에서 쑥부쟁이 뽑아낼 제
실핏줄 같은 가난의 뿌리 자꾸 끊어지더이다

왜가리떼처럼 떠나고 싶어 떠난 것이 아닌 살붙이들 모여
버짐 피던 이야기, 검정 고무신 이야기로 술을 따라 마셨지요

여선생 호루라기 소리에 앞으로 나란히 피어난 코스모스 밤길
밤엔 향기로 아름다운 꽃들아, 너희들도 고향으로 돌아갈지니

바람 불 때마다 스스로의 가시에 찔리며 붉게 익은 대추, 나무에
아버지 얼굴로 걸린 달, 달그림자로 길게 다리 펴보았던 영혼아

그날 밤 내가 흘린 눈물에 흙 가슴 다 적셔주던 고향을 보았는감

그날 밤 내가 눈물 추스를 때 굽은 등 품어주던 산 그림자 보았는감

쑥부쟁이야
쑥부쟁이야

한겨울의 노래

마을을 휘돌아흐르는 개울물 따라
꽃상여 떠나가네 아버지
눈 내려 세상도 하얗게
소복한 날, 살아서 거닐던 길
만가에 발맞추며 살아온 날 점검해보는
사람들의 어깨에 들린 채
떠나가네 아버지 떠나지 못한
침엽수 그리움에 짙푸른 한겨울
오기만 하는 성긴 눈발에 오고가는
한 생애 젖어 화톳불은 축축이 타올라
가가호호 슬픈 인사를 나누는 연기,
당신의 영혼, 대나무 지팡이 마디마디를 울리는
울음소리, 척추로 스며들며 피를 덥혀오는
문바위 고개 넘어 들판으로 접어들면
당신이 보여주던 손가락처럼 굴곡진 논두렁
까악까악 조가를 부르며 날아오르는 까마귀떼,
절망의 몸도 희망의 날개도 접고
요령소리로 산천에 부음을 알리며 가는 길
귓볼 시린 북풍에 뜨거워진 눈물, 베옷이 얼고
노제를, 마을이 보이는 마지막 산모퉁이에서
뒤돌아보면 눈 덮여 우리는 어디서 떨어졌는지
또, 눈송이처럼 어디로 쓸려가야 하는지
의문의 광목 줄에 엮여 떠나가는 행렬
아, 꽃상여 위에도 하얗게 눈 내려

아버지 떠나가네, 당신이 그래왔었듯이
언젠가 당신처럼 떠나야 할 사람들의 어깨에 들린 채
하늘 아래서 물이 흙을 대하듯
당신이 가는 마지막 길을 대신 걸어주는 사람들
문상객도, 꽃상여도 꿈만같이 아득한데
단풍으로 유서를 쓰고 떠나간 나뭇잎,
눈 내리는, 앙상한 겨울 숲, 황토 속으로
아버지 아버지 떠나가네 살아서 거닐던 길
만가에 발맞추며 살아온 날 점검해보는
동네 사람들의 어깨를 껴안은 채
떠나가네 아버지 떠나지 못한
침엽수 그리움에 짙푸른 한겨울

경로당

나는 경로당집 아들이었다
봉당에 즐비한 흰 고무신
떠다니던 해수 기침소리
아버지는 텃밭에 명아줏대를 길렀다
내기 장기를 두고 훈수 소리 웃음소리
어머니는 골패 묵을 만들어 팔았다
구성지게 들리던 시조음이 뚝 끊어지면
괘종시계 종소리에서 죽음의 냄새가 났다

경로당에 모여 문상을 떠나는 노인들
아지랑이 피는 느티나무 돌아 떠나가는 꽃상여
명아줏대 가벼운 지팡이 들고 뒤따르던 노인들
봄 풀밭 지나 가물가물 사라지면
아버지의 내세인 나는 굴렁쇠를 굴리고
집으로 돌아와 경로당을 물끄러미 바라보곤 했다
이제야 이해할 수 없는, 경로당에 붙어 있던
간판 하나 외 인 출 입 금 지

나의 여집합인 나

아버지가 죽고
내가 슬퍼서 운 것은
아버지 속의 내가 죽으며 운 것
내 속에 살아 있는 아버지가 운 것
내가 죽으면 나는 하나도 안 죽고
내 속에 살아 있던 사람들만 죽는다
내 속에 나는 없다
나는 내 밖에만 있다
내가 죽으면 내 바깥의 나는 울고
내 속의 다른 사람들은 울지 못한다
나는 나의 여집합이다

불러본다

버드나무는 봄이 좋아
여간 기다린 게 아닌지

버들강아지
털옷 입혀 내밀고

달처럼 잠이 오지 않아
새순처럼 잠이 오지 않아

강아지야
강아지야

성선설

손가락이 열 개인 것은
어머니 뱃속에서 몇 달 은혜 입나 기억하려는
태아의 노력 때문인지도 모릅니다

지하생활 3주년에 즈음하여

빛으로 짠 커튼을 치고 싶습니다
불을 켜야 불을 켜지 않은 방보다 어두운 방은
좁고, 나이가 들어, 어머니 등이 따듯합니다
우러러 들리는 위층 하늘에는 정육점이 삽니다
메주처럼 조용한 어머니는 가는귀가 먹어
하늘에서 들리는 삼겹살 써는 소리는 못 먹고
갈비 자르는 소리만 먹습니다
어머니 귀가 통이 커졌습니다
동태 궤짝 내리치는 소리가 들려옵니다
하늘에서 누군가 화장실을 다녀갔다는 대변자(者)
펌프 돌아가는 소리도 들립니다
그래도 저 지겹게 정든 소리들이
내가 살아 있음을 확인시켜주는 순가락입니다
동거자 어둠은 자신을 색득하게 보려고
점점 어두워지고 세상은 젖은 성냥갑인가봅니다
평지에 살고 싶은 만큼 대가리를 날려 부딪쳐보고
살점이 뭉청 떨어지도록 머리 비벼보아도
빛은 못 벌고 골만 부러집니다
부러진 골은, 머지않아 영원히 지하생활자가 될
어머니를 3년 동안 전지훈련 시켜드렸습니다
노상, 밤이 되지 않는 어둠 속에서, 빛은
빼앗는 것처럼 나누어가져야 한다는 답안을 검산합니다
그러다 벽시계로 날이 훤하게 밝아오면
나는 또 눈부신 빛의 계단을 오릅니다

겨울 잠바와 여름 바지로 쫙 빼입은 가을옷을 입고
발자국소리가 저벅저벅 어머니 가슴을 밟습니다
빛으로 짠 커튼을 치고 싶습니다

상계동 시절

이웃집 하수구 비린내 쉽게 넘나들고
봄바람에 애기 기저귀 펄렁이던 그 집

다듬던 아욱 한 움큼 집어주던 병든 주인집 할멈
움푹 파인 눈에서 서글픔 솟아나던 그 집

밤이면 바퀴벌레, 사각사각, 타이어표 검정 고무신
귀에 대면, 쏴아 알 수 없는 소리, 고향 생각에 잠이 헛돌던 그 집

공중변소에 가 바지 까내리면 낮에도 모기가 엉덩이 물고
그래도 김이 모락모락 나는 이웃 사람 똥에 내 똥 몸 섞던 그 집

새벽이면 불암산 약수터에서 산을 한 초롱 짊어지고
안개 속에서 어머니 걸어나오시던 그 집

튼튼한 갈비뼈 좀 보라고 철골 세워지더니 아, 아파트
아파트족들이 쳐들어와요 아파카트 맞고 배수진 친 그 집

지금 그 집은 헐어졌어도 내 가슴속으로 이사 온 그 집
가끔 그 집 속으로 들어가 그 집을 생각하면 눈물겹고

잠

고향집 떠날 때
이불 보따리에 챙겨온 왕겨 베개
하나
베고 잠드신 어머니

누런 벼이삭 출렁이던 남의 들녘
땅 한 뙈기 없는 품팔이 가슴으로
풍요롭게 불어오던 서글픈 바람
그래도 꿈속에서 만나 그립는지

서울 하고도 창고에 딸린 지하실 방
고달픈 생활의 일기 쓰듯 잠꼬대에 코고는 소리
아득하여라
아버지 무덤가로 합장하러 달려가는 치마소리
어머니의 세월이여

먼지

먼지 폭 뒤집어쓰고 쪼그려 앉아

턴 조를 키로 까부르네

펵신펵신 먼지 밟으며 다가가보네

어머니가 폭삭 날아갈 것 같네

어머니의 의술

어머니는 지붕에서 썩은새 뽑아
부엌 바닥에 불을 피우고

두드러기 돋아 온몸 가려운
나를 발가벗겼다

맨살에 소금을 뿌리며
빗자루로 짚 연기를 찍어 바르며

중도 고기 먹나
중도 고기 먹나

어디서 배웠는지
주술을 외셨다

수수빗자루
까끌까끌

내 몸이 기억하는 최고의 감촉
아직도 몸에 배어 있는

박수 소리 1

박수 소리. 나는 박수 소리에 등 떠밀려 조회단 앞에 선다. 운동화 발로 차며 나온 시선, 눈이 많아 어지러운 잠자리 머리. 나를 옭아매는 박수의 낙하산 그물, 그 탄력을, 팅, 끊어버리고 싶지만, 아랫배에서 악식으로 부글거리는 어머니. 오오 전투 같은, 늘 새마을 기와 동향으로 나부끼던 국기마저 미동도 않는, 등뒤에 아이들의 눈동자가, 검은 교복에 돋보기처럼 열을 가한다. 천여 개의 돋보기 조명, 불개미떼가 스물스물 빈혈의 육체를 버리고 피난한다. 몸에서 팽그르 파르란 연기가 피어난다. 팽이, 내려서고 싶어요. 둥그런 현기증이, 사람멀미가, 전교생 대표가, 절도 있게 불우이웃에게로, 다가와, 쌀 포대를 배경으로, 라면 박스를, 나는, 라면 박스를, 그 가난의 징표를, 햇살을 등지고 사진 찍는 선생님에게, 노출된, 나는, 비지처럼, 푸석푸석, 어지러워요 햇볕, 햇볕의 설사, 박수 소리가, 늘어지며, 라면 박스를 껴안은 채, 슬로비디오로, 쓰러진, 오, 나의 유년!! 그 구겨진 정신에 유릿조각으로 박혀 빛나던 박수 소리, 박수 소리.

박수 소리 2

박수 소리. 떠나간다. 달빛, 배꽃 사각사각 밟던 밤의 기억 두고. 개포동 눅눅한 빨래처럼 보낸 공업고등학교 기숙사. 우리가 연삭기로 깎은 쇠밥만큼 가난은 절삭될 수 있을까. 기름 밴 작업복을 입은 채 집단으로 식사를 하면, 멀건 된장국 얼굴. 액체의 거울, 내 고통을 한 숟가락씩 떠먹던 날들, (정신이여 육체를 그만 패러디하라. 육체여 정신을 풍자하지 마라.) 여름날의 선풍기처럼 부정의 고갯짓만 하고 있을 건가. 바람 불면 바람 반대 방향의 뿌리가 힘을 주는 나무를 생각하라. 밤비 내리면 가는귀 점점 굵게 먹어가는 네 고향의 어미를 생각하라. 하지만 선생님 이곳은 너무나 깊은 늪이어요. 향기가 없어 시들어버릴 수도 없는 조화 같은 몸뚱어리어요. 세상은 너무나 불공평한 게 공평해요. 죽 먹은 날 아침 도시락 없이 등교하던 걸음 속도를 생각하면 금팔찌는 허영의 수갑이어요. 이놈, 각설하라. 너는 조국 근대화의 기수다. 공업 국가의 견장이다. 불온한 생각을 소각하라. 그렇지만 대학 진학하는 친구가 우표처럼 부러워요. 한 달에 한 번씩 외출 나가면 여고생들의 화사한 웃음에 빈혈 들어요. 발육 정지란 색깔의 공업고등학교 제복. 그래요, 학벌은 좋은 옷인가봐요 사춘기가 바람에 펄렁이는 너하고는 카운셀링을 할 필요도 없다. 너는 패배자다. 기상, 점호, 구보, 내무 사열, 취침의 시조체 생활, 꿈만이라도 자유스러운 꿈을 꾸고 싶었다. 봄비에 깃털 적시며 알을 품고 있다가 새의 영혼은 몸집보다 커다란 날개라고 푸드

득 날아오르던 고향의 강새, 가을 하늘 아래서 꽁지를 땅에 묻고 알을 까며 죽어간 풀무치. 그러나 고름 같은 절삭유에 빠져 허덕이는 꿈을 꾸곤 했다. 그러한 날들이 흘러가고, 이제 졸업장 앞에 선 자여, 19세, 이 황량한 소수의 나이에 패배자여. 언 땅속 살아서 뛰고 있을 개구리의 작은 심장 2심방 1심실, 희망을 간직하라고, 기능사 2급 자격증을 품고 떠나는 그대에게 후배들이 쳐주던 박수소리, 박수 소리.

그날 나는 슬픔도 배불렀다

아래층에서 물 틀면 단수가 되는
좁은 계단을 올라야 하는 전세방에서
만학을 하는 나의 등록금을 위해
사글셋방으로 이사를 떠나는 형님네
달그락거리던 밥그릇들
베니어판으로 된 농짝을 리어카로 나르고
집안 형편을 적나라하게 까 보이던 이삿짐
가슴이 한참 덜컹거리고 이사가 끝났다
형은 시장에서 자장면을 시켜주고
쉽게 정리될 살림살이를 정리하러 갔다
나는 전날 친구들과 깡소주를 마신 대가로
냉수 한 대접으로 조갈증을 풀면서
자장면을 앞에 놓고
낯선 중국집 젊은 부부를 보았다
바쁜 점심시간 맞춰 잠자주는 아기를 고마워하며
젊은 부부는 밀가루 그 연약한 반죽으로
튼튼한 미래를 꿈꾸듯 명랑하게 전화를 받고
서둘러 배달을 나갔다
나는 그 모습이 눈물처럼 아름다워
물배가 부른데도 자장면을 남기기 미안하여
마지막 면발까지 다 먹고 나니
더부룩하게 배가 불렀다, 살아간다는 게

그날 나는 분명 슬픔도 배불렀다

라면을 먹는 아침

프로 가난자인 거지 앞에서
나의 가난을 자랑하기엔
나의 가난이 너무 가난하지만
신문지를 쫙 펼쳐놓고
더 많은 국물을 위해 소금을 풀어
라면을 먹는 아침
반찬이 노란 단무지 하나인 것 같지만
나의 식탁은 풍성하다
두루치기 일색인 정치면을 양념으로
88 끓인 스포츠면 찌개에
밑반찬으로
씀바귀맛 나는 상계동 철거 주민들의
눈물로 즉석 동치미를 담그면
매운 고추가 동동 뜬다 거기다가
똥 누고 나니까 날아갈 것 같다는
변비약 아락실 아침 광고하는 여자의
상큼한 미소까지 곁들이면
나의 반찬은 너무 풍성해
신문지를 깔고 라면을 먹는 아침이면
매일 상다리가 부러진다.

흑백텔레비전을 보는 저녁

이제부터 네 스스로 음식을 섭취해라
어머님이 여며주신 생명의 단추
굶주린 배꼽을 움켜잡고
아직도 흑백 주제에 무엇을 이겼다고
V자 안테나를 머리에 이고 있는
흑백텔레비전을 철커덕 틀면
돈가스를 먹을까, 아냐. 설렁탕을 먹을까,
아냐. 아냐. 소화가 안 되니 굶지 뭐.
(이때 모델은 회전의자를 휙, 돌려 등을 보인다
그리고 텔레비전 화면에 가득차는 음식들)
꼴깍.
굶주린 나에겐 좀처럼 소화가 되지 않는
88올림픽 공식 소화제 선전을 보고 있노라면
내 속에서 김동인이 꿈틀거린다

숟가락이 닳았다

가난

오늘 아침 식사는 봄별

제3부

우울씨의 일일 1

약이 떨어지고 이틀을 술로 견딘다 일금 만오천 원을 구해 그곳을 향해 출발한다. 오늘은 토요일 서둘러야 한다. 우울씨는 지하철 1호선을 택한다. 지하철을 타면 가속도병을 느끼는 우울씨가 지하철을 택한 것을 보면 긴장감이 어지간한 상태다. 물론 버스를 타는 데도 문제점이 없는 것은 아니다. 우울씨는 종각에서 쌍문동까지 노변의 장의사 간판 위치를 기억하고 있다. 그때마다 고개를 돌린다. 그러나 잔상 효과가 우울씨 머리를 그냥 두지 않는다. 이렇게 많은 사람을 마주보고 앉게 하다니. 전철은 서로의 삶을 점쳐보고 자신의 삶을 확인해보는 자리 같다. 우울씨는 앞좌석에 앉아 있는 사람들을 대충 훑어보다가 흠칫 놀란다. 백발의 노인. 그 노인을 보자 그림 그리는 친구의 화실이 떠올랐던 것이다. 아그리파의 머리를 깨뜨리고 안개꽃을 한 다발 꽂아둔. 노인이 우울씨에게 시선을 주는 바람에 우울씨는 늘, 저 잘났다고 소리치는 광고에 시선을 둔다. 월간 신부, 별자리로 보는 당신의 섹스 타입, 섹스 70문 70답. 그렇다. 우울씨는 죽음에 대한 공포감이 엄습해올 때 그것을 잊으려 성적인 잡념에 든다. 우울씨는 동대문에서 4호선 땅굴로 노선을 바꿔 탄다. 4호 땅굴을 지나는 전철은 1호 땅굴의 전철보다 쾌적하고 승객들도 격조가 있어 보인다. 3호 땅굴, 2호 땅굴(문명의 도시 지하를 강강술래 하는) 역시 그 땅굴에 어울리는 사람들이 타는 것 같다. 우울씨는 지하철을 탈 때 대개 중간 칸을 피한다. 누군가 지하철을 폭파

시킨다면 중간 칸에 폭약이 든 가방을 두고 내릴 것이라는 피해망상증에 사로잡혀 있기 때문이다. 또 우울씨는 비 오는 날 아크 방전되어 치지직 불꽃이 튀는 것을 본 기억을 상기해보며 갑자기 고압전류가 전철에 통하면 어떻게 행동을 취할까도 생각해본다. 옆 사람과의 접촉을 피하고 부도체인 의자에 앉아 다리를 번쩍 든다면—아이의 울음소리가 들려온다. 웅성거림 쪽으로 시선을 돌린다. 전동차에 아이를 먼저 태우고 뒤이어 타려는 찰나 전동차의 문이 닫히고 어머니는 문밖에서 안타까워하는데 전동차가 출발한 것이다. 문명의 기요틴. 우울씨는 출근 시간 복잡한 전철 문제를 해결할 수 있는 묘수를 떠올린다. 여성과 남성이 타는 칸을 지정하는 것이다. 그러면 그렇게 복잡한 전철을 탈 수 있을까. 오해 마시길. 우울씨가 성도착증 환자는 아니다. 남녀의 구별도 없이 익명의 육체들이 포개지는 아침 8~9시. 우울씨는 전에 써보았던 다소 이분법적인 시 구절을 떠올려본다.

서민들도 카섹스를 즐긴다
그분들은 으슥한 곳으로 자가용을 몰고 가
달빛 축축한 카섹스를 즐긴다고 한다
그러나 보라 우리 대담한 서민들의 카섹스
햇살로 눈 비비자마자 지하 계단을 내려서는 출근의 아침
콩나물시루는 옛말, 두부가 되어 유리창에 얼굴 눌린 채

터널을 숨 몰아쉬며 정력적으로 달리는 지하철 속에서
덜컹덜컹, 옷도 안 벗고, 선 채로, 성도 모르는, 심지어 동성연애,
아, 강제로 카섹스를 즐겨야 하는 서민들의 상쾌한 출근
한국은 교통 지옥, 그 지옥 속에 있는 카섹스 천국
으으으, 서민들이 토하는 신음소리 차마 눈뜨고 들을 수 없다고
자가용 뒷좌석에서 눈감고 출근하는 그분들은
서민들도 카섹스를 즐겨보라고 고맙게 지하로 몰아넣고

쌍문역에서 하차한 우울씨는 지하 계단을 빠져나온다. 우울씨는 병원으로 들어가며 정원의 잔디밭에 놓여 있는 푯말에 관심을 던진다. 〈잔디밭에 들어가지 마세요〉 그래, 아예 〈잔디 속에 들어가지 마세요〉라고 써놓으면 어떨까. 잔디 속에 들어가기 싫어 기를 쓰고 모여드는 곳이 병원 아닌가. 우울씨는 문을 열고 병원 건물로 들어선다. 공중에 매달린 붉은 숫자의 시계를 본다. 5분 전. 우울씨는 능숙하게 서두른다. / 여보, 하고 부르면 나는 왜 눈물이 날까요 오—딘, 우리의 사랑을 지켜주세요 오—딘. / 약 지급 대기실에서 신화급 티브이 광고가 들려온다. 저 광고는 왜 저 모양일까. 시계와 눈물이 무슨 관계란 말인가. 혹시 사랑의 시계는 눈물. 우울씨는 아픔 뒤에 아픔을 줄 세워 접수증을 끊고 그 아픔을 다시 신경정신과에

접수시킨다. 신경정신과 간호사가 당황한다. 좀 일찍 오시지 않고, 곧 우울씨의 아픔이 호명되어 우울씨는 의사 최○○ 선생 앞에 공손히 앉는다. 최의사는 퇴근 준비를 하고 있었던지 흰 가운 대신 노란색 풀 무늬가 들어간 원피스를 입고 앉아 있다. 좀 일찍 오셔야죠. 네, 죄송합니다. 우울씨의 아픔과 최의사의 지식이 맞선을 보듯 나란히 앉는다.

우울씨는 약 받을 수 있는 번호표를 받고
병원의 정원을 산책한다 마치,
병이 우울씨의 영혼을 산책하듯
깊은 사색에 잠긴 바윗돌에 걸터앉는다
참으로 오래 앓아왔구나
정신과를 출입한 지 3년
올 때마다 옛 친구들 많이 만나고
그들 병이 내 병을 더 깊게 하듯
내 병이 그들 병을 더 깊게 할지도 모르지
원자력 발전소에서 보낸 4년
지금도 원자력 발전소에서 보내고 있는 친구들
나도 만져보지 못한 뇌세포를
방사선이 스치고 지나간 것은 아닐까
친구들 중 정신과를 출입하는 친구들 많고
자살한 친구, 후배,
그러나 그렇게 생각하고 싶지 않네

실제 피폭도 받지만 매스컴의 방사능 피폭
친구들 이중으로 괴롭다고 믿네
친구들아 노래할 수 없구나 너희들이
정신적 압박 속에서 만드는 불빛
정전이 되면 더 밝게 떠오르는 너희들 모습
차마 부르고 싶은 노래 부를 수가 없구나.

우울씨는 감상에서 빠져나와 퇴직 직원 우대 카드를 물끄러미 바라본다. 15퍼센트 보험 혜택을 위해 한국전력 부속병원에 다니고 있는 우울씨는 정말 퇴직한 것일까, 건강 전선에서 영구히. 이 끝없는 병고에 얼마나 더 시달려야 하는가. 우울씨는 이 병원이 서소문에 있을 때부터 다녔다. 우울씨가 첫번째 입원을 하였을 때의 일이다. 옥상에 올라갔다. 옥상에는 정형외과 환자들이 난간에 걸터앉아 있었다. 그들은 군상처럼 기괴한 풍경을 연출하였다. 전기에 감전이 되어 팔과 다리를 잘린 사내들이 담배를 피우고 있었다. 가끔 양팔 잘린 사내에게 담배를 물려주기도 했다. 그 그림의 배경으로 석양이 물들어 있었다. 양팔 잘린 사내가 쪼그려뛰기 운동을 하기에 우울씨도 운동을 따라 하다가 미안한 마음이 잠시 들었다. 그 사내는 이제 손 대신 다리로만 살아가기 위하여 하는 운동인데, 그런 생각도 잠시뿐. 우울씨도 이제 정신의 불구자가 아닌가. 우울씨는 그들 모습이 맞은편 대한항공 빌딩 유리에 비친 모습을 넋을 잃고 바라다보았었다. 사념을 떨고 우울씨는 약을 타러 들어간다. 뼈만 남은 손이 담뱃갑과 악수를 하는 AFKN에서 많이 본 금연 포스터를 보며 약을 타 가지고 병원 문을 나서는 우울씨. 약봉지를 가방에 챙기고 4호선 땅굴을 향해 서서히 걷는 우울씨의 발목을 붙잡는 생각, 괜스레 친구들 생각을 했구나. 우울씨는 지하 계단을 내려와서 전동차에 오른다. 역으로 출발하여 집으로 돌아가는 우울씨, 눈에 들어온 원피스 차림의 최의사. 그녀는 우울씨가 같은 칸에 타고 있다는 것을 모르는 것 같다. 우울씨는 한 손 들고 동료와 얘기하고 있는 그녀가 웃을 때마다 어쩌면 죽음에 대한 콤플렉스에 걸린 자신의 얘기를 하고 있을지도 모른다는 생각을 한다. 우울씨는 그녀의 행동과 입 모양에 깊이 빠진다. 우울씨 역시 하루의 일과에 질문이 있다는 듯 한 손 들고 여의사를 주시하다가 그만 1호선 땅굴로 갈아타야 할 정차역을 지나치고 만다.

우울씨의 일일 2

잡념, 우울씨는 잡념에 대한 잡념에 빠진다
잡념은 진행성을 띤 념에 브레이크를 거는,
념의 휴식, 또는 숨구멍이다
잡념은 념의 탕아인가 사생아인가
그렇지 않다. 잡념은 사회의 념들이 어우러지면서
출산한 적장자이며 사회상의 직관, 혹은
념들의 유연한 대변자이다
잡념은 행동을 수반하지 않는 정신적 유희이며
논리성을 띤 상상력의 극치다
(논리성 문제에서 꿈은 잡념에서 제외될 수 있다)
잡념엔 살만 풍성한 분위기적인 것과
뼈대만 왕성한 스토리적인 것이 있다
후자가 강한 우울씨는 잡념이 념을 지배하면서
우울증이란 병을 얻게 되었다
우울씨는 자신이 갖는 잡념을 기록해봄으로써
잡념에 대한 위의 정의를 대변할 수 있을까
하는 잡념에 깊이 빠져 있다

우울씨의 일일 3

안경은 맥주와 마른안주를 시키고 목재 의자에 앉아 있다. 우울씨는 카운터에서 돈의 기상도를 관측한다. 바람에 흔들려보고 싶은 음지 식물의 잎새 끝이 고사한다. 우울씨는 전화를 받으며 손님들에게 과장된 인사를 투자한다. 우울씨는 전표 개수를 확인하며 둘레둘레 홀 안을 살핀다. 안경이 신문을 치켜든다. 우울씨와 눈이 마주친다. 안경의 맥주컵에 거품이 넘는다. 안경은 거의 습관적인 동작으로 맥주잔을 들어 재떨이 위에 댄다.

석유난로 위에서 보리차가 끓고 있다. 우울씨는 실내장식으로 매단 종을 치고 싶은 충동을 느낀다. 종, 친다. 우울씨의 기억 속에서 여선생이 유리창으로 상반신만 내밀고. 먼지가 뽀얗다. 스피커에서 출발하여 소리 안 나게 종을 때리고 지나가는 소리의 부스러기처럼 아메리카 여가수의 노랫소리를 타고 우울씨의 귓속으로 들어와 부글거리는 알아들을 수 없는 융합음들. 우울씨는 쟁반에게 시켜 전표 없이 커피를 한잔 든다.

화장을 짙게 한 가죽치마가 안경 앞을 지난다. 일순 안경이 벌떡 일어난다. 맥주잔이 쓰러진다. 안경 허겁지겁 지갑에서 만 원짜리를 꺼내 가죽치마에게 준다. 가죽치마 당황한다. 사이, 안경 우울씨를 지나 출입문으로 빠져나간다. 손님, 잔돈, 가죽치마 뒤따르다 만다. 가죽치마 만 원짜리를 우울씨에게 준다. 우울씨 가산된 돈을 어찌 처리할까 궁리한다. 가죽치마 안경이 놓고 간 신문을 우울씨에게 준다. 주방, 아르바이트, 안경이 남기고 간 멸치를 고추장에 찍어 먹는다. 신문을 뒤적이던 우울씨 경악한다. 우울씨 급히 가죽치마를 부른다. 무조건 컵과 안경이 남긴 안주를 버리라고 한다. 가죽치마 의아해한다. 가죽치마 우울씨의 긴장된 모습에 압도되어 변명 없이 시행한다. 우울씨 다시 신문에 눈씨를 준다. 에이즈 보균자 23명 더 밝혀져. 헤드라인 기사만 있고 사설면 크기의 기사는 찢겨져 없다. 당일 산 깨끗한 신문이다. 우울씨 휴지로 신문을 싸 들어 휴지통에 버린다. 때마침 아메리카 여가수의 목소리가 클라이맥스에 도달한다.

우울씨 급히 주머니를 뒤져 바리움이 함유된 향정신성 약품을 입속에 털어넣는다. 궁금한 가죽치마에게 신문 얘기를 한다. 아르바이트와 가죽치마 멸치를 먹어서 그런지 몸이 근질거리는 것 같다고 한다.

우울씨는 총을 메고 있다. 근무를 끝내고 낮은 목소리로 인사를 하며 우울씨에게로 다가오는 김이병 담배를 권하며 김이병의 어깨에 쌓인 눈을 툭툭 털어준다. 우울씨의 손에는 상황판과 색연필이 들려 있다. 심한 고민거리가 있습니다. 우일병님도, 고생을, 많이, 그래서 말씀드리는 건데, 창피하지만, 김이병 사제 수첩을 우울씨에게 보여준다. 이들이 제 친구입니다. 티틀리, 힉스, 페리오…… 실은 이태원에서 근무할 때 사귄 친구들인데 에이즈에 걸린 것 같고 겁이 나요. 우울씨와 김이병은 길게 담배를 빨아당긴다. 그들이 서서 등뒤의 불빛을 막은 만큼, 유리문에 그림자가 생기고 그 그림자 속으로 눈발이 날린다. 후

방의 막사—에이즈 공포증 환자

안경이 가죽치마를 보며 벌떡 일어났던 이유는 무엇일까. 안경의 기억 속에 가죽치마 여인이…… 야한 화장의,

우울씨는 인근 가판대를 향해 걷는다. 신문을 확인하러 출발한다. 건물마다 술을 깨느라고 낮잠을 자는 간판들, 다시 벌겋게 살아날 환락의 이마 핏빛 징표, 우울씨는 카운터에서 본 남녀의 진한 장면들이 떠오른다. 지하철 공기 순환 철망 위를 걷자 번들거리는 햇볕 어지럽다. 우울씨의 시선과 부딪치는 딱딱하게 발기한 현대식 건물들, 사람멀미, 어지러움증, 긴장 혹시, 찢어진 신문의 이면에 안경이 필요한 다른 기사가, 우울씨 인근 화장실로 들어가 오줌을 갈긴다. 그리고 얼굴에 물기를 축이고 거울을 본다. 으악, 우울씨의 얼굴 대신 안경의 얼굴이 우울씨 비틀거리며 뒤돌아 뛴다. 에이즈 공포증 환자는 바로 나아다, 나.

우울씨의 일일 4

술 마시고 주민등록증을 자주 잃어버린다
주민등록증을 새로 발급하기란 직유법처럼 귀찮다
술을 마시러 가다 문득 우체통 앞에 멈춰 선다
우체통에 미리 주민등록증을 집어넣는다

안　영혼을 예술 속에 집어넣고 살아가는 사람들
심　영혼을 신앙 속에 집어넣고 살아가는 사람들
하　영혼을 물질 속에 집어넣고 살아가는 사람들
고　영혼을 이념 속에 집어넣고 살아가는 사람들

오랜만에 안심한 상태로 술을 마신다
여느 때처럼 취기가 오른다
오스스 의심의 재채기가 난다
혹시 쓰레기통을 우체통이라 잘못 본 것은 아닐까

우울씨의 일일 5

목조의 홀 안에서 하루종일 삐걱이는
우울씨는 요즘 새가 된 기분
운동 부족으로 물찌똥을 찌익 싸며
돈 액수와 인사말을 지저귀는 앵무새
한가한 시간에 날개를 접고
외국산 나무 열매 주스를 부리로 빨며
대들보와 서까래의 과거에 대해 명상에 드는 우울씨
　　부드러움 속에서 살기 위해 어둠 속을 헤매는 뿌리
　　그 중간, 어느 한 부분, 나무의 중심, 끝내 변하지
　　않는,
　　그게 나무를 살아 있게 하는 것이라면, 무섭다
창가로 다가가 가슴을 열어제끼는 우울씨
아찔한 햇살
(세상이 우울씨를 보지 않겠다고 눈을 감는다)
커튼으로 날개를 달고 빌딩숲을 날아가는 우울씨
가로막는 것만 보는 시선
아, 우울씨는 정말 새가 되려는가보다
—앉기 위해 날아가는—
세상이 언제 우울씨를 향해 눈을 떠줄 것인가
딸랑, 문 열리는 소리에 졸음에서 깨어나는 우울씨의
오후

우울씨의 일일 6

장사를 끝내고 청소를 한다
의자가 탁자 위에 올라설 수 있는 기회를 주며
창문을 열고 청소를 한다
아무리 깨끗해도 바닥인 바닥 위의
팝콘과 담배꽁초
머릿속에서도 하루의 일과가 빗질된다
깔깔거리며 한구석으로 쓸려가는 젊은 남녀
우울씨는 더 세차게 빗질을 한다
홀 안을 지저분하게 하던
한줌도 안 되는 쓰레기들. 오, 세상도
쓰레받기 위에 올라앉아 깔깔대는 젊은 남녀
(나는 홍단풍, 푸른 시절 없이 보낸 세월)
쓰레기통에 툭, 털어넣을 때
우울씨의 머리 한쪽도 툭 터진다

우울씨의 일일 7

출입문 쪽에 꽃병이 있다
문을 열 때마다 꽃향기가 커피 향을 밀어낸다
우울씨에게 다가서는 샴푸 냄새
눈길로 전화기를 가리킨다
통화료는 백 원입니다
예—
지폐를 내는 미모의 여인
서랍을 열어 동전을 바꾸는 사이
—저 죽고 싶어요
—어딘지 알아서 무엇하게요
—그냥
(아, 죽고 싶다는 전화를 거는 사람에게 백 원을……)

우울씨 심장이 동전처럼
가볍고 납작하게 되어
시계추처럼
뎅—
뎅—

우울씨가 면구스럽게 거슬러준 동전에
눈물을 떨구는 여인

우울씨의 일일 8

저 잘했다는 말 한마디 없이
아, 반성하는 자 고통으로 가득찬 날들
차라리 지옥은 얼마나 아름다울까

우울씨의 일일 9

우울씨는 빛바랜 사진을 주시하고 있다
초가지붕과 호리병의 조화를 살린 전원적인 작품

우울씨는 한 작가를 떠올린다
이발소를 경영하던— 사진작가— 사람의—
죽어가는— 모습을 찍어보려고— 여자를
유인— 나체로 죽어가는— 찍고— 암매장한—

우울씨의 작품 세계는 삶을 향한 강렬함의 포착
점점 더 다이내믹하고 강렬한 작품을 찍기 위해
전국을 누비는 우울씨. 금강촌 발파조의 눈동자,
살점이 낀 채 고통을 호소하는 교통 현장—
그러나 좀더— 강렬한 것— 좀더— 강렬—
우울씨는 사진계에서 인정을 받고 사진계에서는
우울씨가 좀더— 강렬한— 작품을—
기대— 점점— 더— 강렬한— 강렬—

모든 준비를 끝내고 나니 우울씨는 마음이 가벼웠다
뭉크의 그림 〈절규〉를 확대해 찍은 사진을 뒷배경으로 하고
사지를 한번 묶으면 풀 수 없게 만든 장치
여러 각도에 설치한, 필터를 끼운 자동 사진기와 무비 카메라
전라의 우울씨(작가, 기록병에 걸린)는

청산가리를 먹고 사지를 쇠사슬에 건다
카메라 작동되는 소리, 예술이란, 착각, 착각—

그러자, 앞에 놓인 그림이 공포스럽게 살아난다
우울씨는 항우울제를 입속에 털어넣는다

우울씨의 일일 10

우울씨는 힘껏 밀고 들어가도
힘없이 흘러내려 귀두를 덮는 포경
국부를 가리고 사우나탕에 들어선다
한 치도 안 되는 천 속에서
음흉하던 성기들이 덜렁거리며
수증기 속을 오간다
우울씨는 우선 샤워를 한다
표피에 덮여 있던 귀두 부분이 붉게 상기된다
우울씨는 냉탕과 온탕을 들락거린다
한증탕에 들어가 모래시계도 한번 뒤집어본다
우울씨는 깔판을 깔고 앉아 거울을 대한다
김 서린 거울에 찬물을 한 바가지 퍼붓는다
거울 속에는 무게가 없는 것 같다
여러 풍경을 못 하나로 들고 있는 거울
우울씨는 거울 속으로 들어간다
육감 중 오감이 살해되는
시각만의 세계
몸이 가볍게 떠오른다
물의 영혼처럼 수증기가 피어오르고
끓는 물 속에서 뒤척이는 몸뚱어리들
우울씨는 지금 지옥으로 가고 있는 것은 아닐까
이미 지옥에 와 있는 것은 아닐까 생각하며
김 서린 거울 속에서 빠져나오기 위해
찬물을 거울에 쫘악 뿌린다

빨리 때를 밀고 사우나탕을 빠져나가야겠다고
혼자 중얼거리며
이태리타월에 힘을 주는 우울씨

우울씨의 일일 11

성욕의 나무에 올라가 목을 맸네
성욕의 나뭇가지 부러지고

성을 잘라 그녀의 품에 던졌네
잘린 성 펄쩍 튀어 그녀의 입을 틀어막고

성욕의 나무에 올라가 목을 맸네
성욕의 나뭇가지 부러지고

수박

어디론가 떠나가는구나
뿌리가 더 괴로웠으리
나는 씨 없는 수박
태양에 대한 상상력으로
철없이 붉게 익은 속
희망아, 이 창녀야
잘 있거라 흐린 날만 들리던
기적소리로 아아, 떠나간다
삶이란 삶을 꾸려 죽음
속으로 떠나는 전지훈련
피할 수가 없구나
저 시퍼런 칼
날

투우의 노래

있다를 향해
붉은 천을 향해
움직임을 향해
돌진하는
거친 수평
뿔

그러나 허공
달려온 여력에 단박 멈추지 못하고
몇 발작을 더 내딛고야
허탈하게 돌아서며
목표를 수정하는
투우

말 탄 피카도르의 창에 찔리고
날랜 반데리예로에게 우롱당하며
목과 어깨에 꽂힌 작살들
흔들흔들
급기야
마타도르의 긴 칼이 심장을 지나

털썩 쓰러져 토한 피가
붉은 천이 되어
물레타가 되어

투우의 몸을 적실 때
오레! 오레! 외치는
마드리드의 시민들이여

핏빛 물레타를 신의 물레타 사람들의 희망에
견주어보지 않아도 알 수 있는
알아서 더욱 비장미 나는 투우의 노래
일제히 기립, 기립 박수는 투우사가 아닌
우리 삶을 아름답게 각색한
투우에게

자위

성기는 족보 쓰는 신성한 필기구다
낙서하지 말자, 다시는

실이 바늘을 그리워하며

당신을 따라 뜯어진 천을 기울 땐
철없이 즐겁기만 했었지요

이제 당신은 떠나고 우리가 함께했던
시간만 한 땀 한 땀 남았습니다

이렇게 당신을 그리워하며 살다가
그예 내 몸이 다 해지면

당신은 또다른 실을 데리고
저와 같이 지났던 이 길을 가겠지요

그때 당신이 저를 그리워만 해주신다면
그때 당신이 저를 그리워만 해주신다면

의자

의자는 내가 앉으면
일하기 시작한다

아래로의 눌림엔 잘 견디나
옆으로 쉽게 밀리는

지폐 앞 동전 같은
직장 같은

의자는 내가 일어서면
쉬기 시작한다

우산 속으로도 빗소리는 내린다

우산은 말라가는 가슴 접고 얼마나 비를 기다렸을까
비는, 또 오는 게 아니라 비를 기다리는 누군가를 위해
내린다는 생각을 위하여, 혼자 마신 술에 넘쳐
거리로 토해지면 우산 속으로도 빗소리는 내린다

정작 술 취하고 싶은 건 내가 아닌 나의 생활인데
비가 와 더 선명해진 원고지 칸 같은 보도블록 위를
타인에 떠밀린 탓보단 스스로의 잘못된 보행으로
비틀비틀 내 잘못 써온 날들이

우산처럼 비가 오면 가슴 확 펼쳐
사랑 한번 못해본 쓴 기억을 끌며
나는 얼마나 더 가슴을 말려야 우산이 될 수 있나
어쩌면 틀렸을지도 모를 질문의 소낙비에 가슴을 적신다

우산처럼 가슴 한번 확 펼쳐보지 못한 날들이
우산처럼 가슴 한번 확 펼쳐보는 사랑을 꿈꾸며
비 내리는 날 낮술에 취해 젖어오는 생각의 발목으로
비가 싫어 우산을 쓴 것이 아닌 사람들 사이를
걷고 또 걸으면 우산 속으로도 빗소리는 내린다

박수 소리 10

그레고르 잠자처럼 문득 의식이 들었을 때 놀랐다
몸을 움직일 수가 없었다 시멘트에 굳어 있는 온몸
생명의 시계 심장 부위만 약간의 틈이 있을 뿐
육신 전체가 옥죄여와 저리고 내 몸 같지가 않았다
머리도 거지반 시멘트에 묻혀 있었다
다행히도 눈은 시멘트에 묻혀 있지 않아
고정된 시야를 획득할 수 있었다
그렇다 나는 추락한 것이다
고정된 시야에 엎질러진 페인트 통이 들어온다
그것도 다만 어둡게 보일 뿐이다
나는 발가락에 신경을 보내본다
쥐가 났을 때처럼 감각이 전해지지 않는다
나는 잠시 생각의 나락으로 떨어진다
시멘트에 묻힌 심장 뛰는 소리가
시멘트에 묻힌 귀로 아득하게 들려온다

시멘트가 지각을 단단하게 만들어 지각이 약해진다
시멘트가 세상을 평탄하게 만들어 세상에 층이 생긴다
시멘트가 사물을 각지게 만들어 사물이 삐뚤어진다
시멘트가 풍경을 밋밋하게 만들어 풍경이 거대해진다
나는 공포에 떤다 소리치고 싶어진다 그러나 소리쳐서는 안 된다
소금 기둥이 되는 한이 있더라도 내 생좌를 뒤돌아보아야 한다

바람이 생각을 면도질하며 지나간다 눈을 감는다
시멘트의 완충 때문에 살아 있구나
조생 시멘트, 포틀랜드 시멘트, 그 부드러운 함정
나는 내 생처럼 단조로운 페인트 작업을 하고 있었다
자전하며 전진하는 레미콘이 시멘트를 붓고 철수하고
어둑신함 속에서, 서두르다, 그만, 나는,
움직일 수 있기 때문에 움직일 수 없는 몸
쥐 한 마리 다가와 내 코를 다 갉아먹어도, 꿈쩍도,
오, 드디어 자유로워지는 영혼의 거푸집

시멘트가 길의 바통을 이어받고 길 위를 질주한다
시멘트가 벽이 벽을 넘을 수 없도록 벽을 쌓는다
시멘트가 도미노 이론으로 무장을 하고 사막주의를 선포한다

회중전등을 든 야경꾼이 콧노래를 부르며
불빛으로 현장을 훑는다 사람 살려,
나는 소리치지 않는다 무엇인가,
내 영혼을 이렇게 견고하게 묶어놓은 것은
나는 나직이 어머니를 불러본다
내가 연 어머니는 판도라의 상자
내 죄가 드디어 별빛으로 빛난다, 흐려진다
제발 나를 발견치 마라 야경꾼이여
내 영혼의 야경꾼 어머니여!

눈동자를 쉽게 떠나지 못하는 눈물
가장 풍성한 하늘을 볼 수 있는 수평의 자세
오오 나는 세월로 나를 칭칭 감아왔구나
나를 결박하여왔구나 발설하라
내 몸이 내 영혼을 식민지화하고 있었음을
그렇다면 내 몸을 식민지화한 자는 누구인가

법의 시멘트, 어머니의 시멘트, 가난의 시멘트,
언어의 시멘트, 관념의 시멘트, 투쟁의 시멘트,
희망의 시멘트, 죽음에 대한 두려움의 시멘트,

너는 그것들로부터 자유로워지겠다고
그것들을 해방시키기 위해 예수처럼
십자가에 못박혀 전사하겠다고
강령을 선포하라 용서하라
파프카도 스티븐 디덜러스도 모두 버리고
너는 이제 장자의 마을로 들어가볼거나
오, 나는 장자 같은 위대한 정신병자가 되고 싶네
무엇이 나를 옥죄는가 옥죄인 것이 과연 옥죄인 것인가
장자로부터 또한 장자하여지자
멀리 새벽 자동차 달리는 소리가 들리기 전에
너는 네 생을 세 번 부인하리라

나는 시멘트 위에 살았네

나는 시멘트 속에 살았네
나는 시멘트였었네

머릿속에 꿈도 칠하지 않으며
캄캄하게 밀려오는 잠

살았다, 살았어 살점이 묻어날지도 모르니까
우선 시멘트째 잘라서 병원으로 옮기지
내 눈이 가리워지고 시멘트 자르는 그라인더 소리,
가끔 얼굴에 묻은 시멘트 가루를 닦아주는 목장갑,
현장 차가 오기 전에 목도를 준비하라
나는 발굴단에 의해 발굴되는 유물처럼
조심성 있게 사각으로 절단된다
각이 떠지자 인부들은 근육의 지렛대로
힘 모아 나를 일세운다 나는 미라처럼,
시멘트 관에 박힌 부조처럼 벌떡 직각으로 일어선다
강시. 오, 이 찬란한 기립. 웅성거림 속,
직립 원인이 되어, 나는 슬며시 눈을 뜬다
와— 살았다, 살았어 눈을 떴다
햇살, 저 동살, 볕뉘, 나는 부처처럼
살며시 미소를 띤다 아, 해탈의 순간,
맞은편 공사장 유리에 비친 나의 모습,
날으는 형상으로 굳어진 나의 자태
으흑, 저, 저주의 욕망, 추락하면서도

날갯짓의 포주를 취한, 떨쳐버려야 할,
나는 다시 한번 씨익 웃는다
인부들이 일제히 박수를 친다
기억하고 있는 세상 모든 사물의 소리가
박수 소리화되며 나를 묶고 있는 시멘트에
정질을 시작한다 나의 내부에서도
여린 박수 소리 한가락 피어나 동조되기 시작한다

참힘

국어사전의 맨 뒷장에서
전 모국어를 떠받치고 있는 힘

마두리에서

마두리, 그곳에 그들이 산다. 조상들의 뼈 파내 어디로 어디로 이사를 가란 말인가. 내 태를 묻은 땅에 뼈도 묻고 말 테다. 블록 담장에 래커 칠된 구호가 퇴색되어가는 그곳에 그들이 모여 산다. 집 있는 자들 보상금 챙겨 떠날 준비를 하는 동안 싼 방세 때문에 마두리에 그들이 모여 산다. 안개 뚫고 달리는 경의선 열차를 타고 사당동 인력 시장에 나가 하루 품을 팔고 몸이 팔리지 않는 날은 신문 쪼가리처럼 돌아와 글을 읽으며, 쓰며 그들이 모여 산다. 경의선, 주말마다 연인들이 화사하게 널리는 오, 분단의 철길, 욕지거리를 해주기도 하며 그들이 산다 가끔은 스스로의 생활에 어깃장을 놓듯 막걸리 한잔 기울이며 우리도 영화나 한 편 찍어보자고 〈초근목피〉 제목까지 지어보며 그들이 산다. 일 나가지 않은 날 떠나보는 새벽 산책길, 앞으로 갈수록 안개는 지워지고 또 뒤돌아보면 자욱이 내려앉아 있는 아득한 세월, 속을 지나며 그들이 안개 낀 미래와 인사를 나누는 사이 태양은 붉게 떠오르고 어둠 대신 안개를 덮고 늦잠 들었던, 이름만 고운 술집 마을도 깨어나는 아침 작은 소돔 성이 멸하고 더 큰 소돔 성이 들어설 땅에서 그들은 도대체 무엇을 꿈꾸는가. 기차 바퀴 소리에 가슴 덜컹거리며 어디로 끌려가고 싶은 것일까. 오오, 땀 흘리지 않는 노동 지겨운 원고지 칸과 땀만 흘리는 노가다판 사이를 오가며. 개 짖는 소리가 고요의 목탁을 두드리는 밤과 머릿속으로 파고드는 새소리의 아침, 모두 견디기 힘든 그리움의 채찍, 그들이 마두리 그곳에 산다. 안개 면사포 쓴 산 위로 떠오르는 태양을 바라보며, 꿈꾸며.

문학동네포에지 006
우울씨의 일일

1판 1쇄 발행 2020년 11월 22일
1판 2쇄 발행 2024년 3월 5일

지은이—함민복
책임편집—김민정
편집—유성원 김필균 김동휘 송원경
디자인—이기준
저작권—박지영 형소진 최은진 서연주 오서영
마케팅—정민호 박치우 한민아 이민경 박진희 정유선 황승현
브랜딩—함유지 함근아 박민재 김희숙 고보미 박다솔 조다현 정승민 배진성
제작—강신은 김동욱 이순호
제작처—영신사

펴낸곳—(주)문학동네
펴낸이—김소영
출판등록—1993년 10월 22일 제2003-000045호
주소—10881 경기도 파주시 회동길 210
전자우편—editor@munhak.com
대표전화—031-955-8888 / 팩스—031-955-8855
문의전화—031-955-2689(마케팅), 031-955-8875(편집)
문학동네카페—cafe.naver.com/mhdn
인스타그램—@munhakdongne / 트위터—@munhakdongne
북클럽문학동네—bookclubmunhak.com

ISBN 978-89-546-7046-3 03810

www.munhak.com

문학동네